LA

BOURSE

OU

LES CHERCHEURS D'OR

AU DIX-NEUVIÈME SIÈCLE

SATIRE

PAR BARANDEGUY-DUPONT.

DEUXIÈME ÉDITION.

PARIS

LIBRAIRIE DE CASTEL

Passage de l'Opéra, galerie de l'Horloge, 21.

[illegible]

[illegible]

[illegible]

[illegible]

LA BOURSE

ou

LES CHERCHEURS D'OR AU DIX-NEUVIÈME SIÈCLE.

———

La France voit son mal; à quoi sert de le feindre?

C'est l'âpre soif de l'or que rien ne peut éteindre.

De l'or ! voilà le but, la fin de nos travaux.

Regardez-les plutôt nos Tantales nouveaux ;

Nos forçats échappés du bagne ou de la Bourse,

Poursuivre la Fortune et l'or au pas de course.

Vieil Homère ! chez nous, mieux qu'aux bords Phrygiens,

Tu pourrais voir tes Grecs détrousser nos Troyens !

Pour ce jeu du hasard où la foule se rue,

On quitte le comptoir, l'atelier, la charrue.

Voyez ces yeux ardents! entendez ces clameurs!

Et nous vantons encor nos progrès et nos mœurs!

Autour du noir Parquet, mieux qu'au trente et quarante,

Voyez-le tout ce peuple embusqué dans la rente!

L'homme avait des vertus; il a des appétits.

Là les plus gros mangeurs mangent les plus petits;

Là, soit que l'honneur baisse ou que la rente monte,

C'est d'être pauvre encor avant tout qu'on a honte.

Que parlez-vous de Juifs et de douze tribus?

Regardez-les nos Juifs gorgés et non repus

Sous l'épaulette d'or, sous le frac, sous l'étole,

Barboter à l'envi dans ce nouveau Pactole,

Et, sortis de la boue, y barboter encor

Pour secouer sur nous leur bassesse et leur or.

Le cœur à ce métier se gangrène ou se fausse;

On est joueur d'abord, et fripon à la hausse.

Voilà nos chercheurs d'or; grands et petits larrons,

Courtiers, ou non courtiers, marrons ou non marrons,

Gens de gueule surtout! O nos chercheurs de gloire,

O nos braves soldats, spahis de la victoire,

N'est-ce pas pour ces loups, plus que pour l'Ottoman,

Que vous tombiez vainqueurs sous le plomb d'Inkerman?

N'est-ce pas, dites-moi, pour ces mangeurs de primes,

Que l'Alma vous a vus franchir toutes ses cimes?

Vous qui marchez sans peur, qui tombez sans remord,

Vous dont l'enjeu terrible est tenu par la Mort,

Allez donc demander ce qu'ils touchent d'escompte

Pour chacun de vos morts, sans parler de leur honte!

Il faut que leurs agents courent plus prompts que l'air,

Que l'électricité leur prête son éclair;

Il faut que, fin de mois, à défaut d'estafette,

Ils trouvent sous leur main quelque victoire faite.

Comment donc! Dépassant vos aigles dans leur vol,

N'ont-ils pas avant vous forcé Sébastopol?

Intrépides soldats, ne suivant que Barême,

Quand Paris toucherait à son heure suprême,

Quand nous verrions son sang couler comme de l'eau,

Et la hausse annoncer un autre Waterloo!

C'en est fait. Désormais, Église ou Synagogue,

L'argent, c'est notre loi, c'est notre Décalogue;

L'âme obéit au corps ; il nous faut du réel,

Et nous chantons en chœur devant tout Israël :

« O trop heureux cent fois cet élu du Grand-Livre,

« Qui sait tout son bonheur, qui l'aime et qui s'y livre !

« Plus heureux mille fois que l'humble laboureur,

« Il brave en paix le vent, la grêle et sa fureur :

« Peut-il craindre jamais que richesse lui manque?

« Il a pour lui nos fonds, le Budget et la Banque.

« Sa probité peut-être est sujette au protêt;

« Mais qu'importe! chacun le salue et se tait;

« Mais il a des chevaux, des laquais, des maîtresses ;

« La Fortune pour lui coupa ses blondes tresses.

« Qu'a-t-il à redouter du conflit des saisons?

« Chaque jour a sa prime et dore ses moissons;

« La rente baisse ou monte au gré de son attente;

« Il vit exempt d'impôt, et sans payer patente.

« Touche-t-il ses reports? gagne-t-il son séjour?

« Rien ne trouble sa nuit; c'est le soir d'un beau jour. »

Mais voilà ! Tout à coup l'or, dans leurs mains avares,

Déborde, plus qu'au temps des Midas, des Pizarres.

Leur soif, de tant de biens commence à s'effrayer ;

L'or du Sacramento demain peut tout noyer ;

L'or baisse, vous dit l'un ; l'autre dit, il abdique.

Tout s'émeut, le salon, le comptoir, la boutique ;

Dût-il prêter à rire à son nouveau barbier,

Midas même a changé son or pour du papier.

Ainsi, malgré les vents, les mers et leurs abîmes,

Le Nouveau-Monde, hélas ! déjà vieux par nos crimes,

Aura vu notre Monde, Harpagon indigent,

Vomir sur tous ses bords nos Gauthier-sans-Argent !

Ainsi la soif de l'or doit avoir ses Croisades !

O pauvres Indiens, innocentes peuplades,

Faibles agneaux toujours à périr condamnés,

Fuyez ! nos Almagros sur vous sont déchaînés !

Non plus ces conquérants, ces rivaux du tonnerre,

Sous leurs pas mesurés faisant trembler la terre,

Portant l'éclair, la foudre et la mort dans leur main,

Comme les Dieux nouveaux d'un autre genre humain ;

Mais tous nos échappés de toutes nos Bohêmes,

Sans patrie et sans nom, pauvres, affamés, blêmes,

Flairant, fouillant partout des mains et du museau,

Pour extraire un peu d'or des fanges d'un ruisseau,

Et, parmi vos *Pampas* ramenant sur vos traces

L'Avarice et la Mort, ces deux chiennes voraces,

Ah! prêt à s'égorger pour le plus faible gain,

L'homme est toujours lui-même; il est fils de Caïn!

Mais, après tous ces loups de ces bords orifères,

Voyez encor nos loups, devenus gens d'affaires,

Rôder autour de nous, s'agiter sans repos,

Pour s'arracher des dents un emprunt ou quelque os!

Pour aider la Fortune et lui prêter des ailes,

Ne savent-ils pas tous le chemin de Bruxelles?

Rentes, chemins de fer, emprunt, tout leur est bon,

Pourvu qu'on floue à terme et qu'on vole au coupon;

Flairant d'où vient le vent, qu'il se lève ou qu'il vienne

De Londre ou de Paris, de Berlin ou de Vienne.

Se demandant, d'un air de chacal satisfait,
Ce que fait notre Bourse, ou bien ce qu'elle a fait.
Ce qu'elle a fait, messieurs? Ce qu'elle fait encore?
Ce qu'elle fait toujours? C'est qu'elle nous dévore,
C'est qu'elle met l'argent à la place du cœur,
C'est qu'épuisé par vous, le sol tombe en langueur,
Que c'en est fait des mœurs et de toute industrie;
C'est que, dans le sillon, l'Agriculture crie;
C'est que nul ne voudra demander au travail
Ce qu'on attend du jeu sans fatigue et sans bail;
C'est que l'homme étalant sa honte qu'il avoue,
L'homme, né du limon, se souvient de sa boue,
Qu'il n'accepte pour Dieu que l'or et le néant,
Et que le nain succède aux enfants du géant!

Et c'est lorsque la Paix abaissant nos frontières,
Ne fait qu'un Peuple seul des Nations entières,
C'est lorsque la Vapeur et l'Électricité
Nous font rois de l'espace et de l'immensité,

C'est lorsque la Pensée immortelle et féconde

Le caducée en main, va parcourant le Monde,

C'est alors qu'entassant son or sur son papier,

L'homme vivrait en brute et mourrait en croupier !

Regardez-le de près ! Apre au gain qui l'éveille,

Voyez-le, sur cet or, flairer, dresser l'oreille !

Il renaît ; car pour lui, vivre c'est encaisser ;

Pour le prochain emprunt, il se fera fesser.

La rose, sur son teint, a fait place à l'olive ;

Entre ses deux repas, monsieur fume et salive ;

Dirait-on pas vraiment, rien qu'à le voir errer,

Que lui-même oublia de se faire enterrer?

Fier avec qui le craint, ou flatteur automate,

Jamais valet de cour, caniche, ou diplomate,

Mieux que lui leva-t-il ou la patte ou la main,

Pour prêter un serment qu'il va trahir demain?

Et maintenant, voyez ! ne sachant ce qu'il aime,

Désabusé de tout, et d'abord de lui-même,

N'offrant plus son encens qu'aux autels du Veau-d'Or,

Dans son stupide orgueil il retombe et s'endort ;

Et si la Muse encor, tout bas, à la sourdine,

Aux chants d'un Béranger, ou bien d'un Lamartine,

S'en vient à ce pourceau, comme Ulysse autrefois,

Proposer de lui rendre et sa forme et sa voix,

Lui, soumis à son ventre et vautré dans sa fange,

Content de son état, cuve son or et mange,

Et l'œil obstinément vers la terre incliné,

Croit que tout est fini quand il a bien dîné !

Que Babouc vienne donc, sur les pas de Voltaire,

Pour voir un peu chez nous ce qu'on fait sur la terre,

Et qu'il cherche un détour, entre les plus polis,

Pour sauver, devant Dieu, notre Persépolis,

Quand cette soif de l'or, ou plutôt cette rage,

S'étend, et voit partout la loi qui l'encourage

De la Bourse au comptoir, du comptoir au salon,

Quand le siècle en progrès, progresse à reculon,

Quand nos petits Purgons gagnent plus qu'Hippocrate,

Quand Cicéron chez nous se fait graisser la patte,

Quand chacun tend sa poche ou bien son tablier,

Et reçoit des deux mains, de peur de l'oublier !

Pauvre Babouc ! en vain ton esprit s'évertue

A tirer de nos mœurs un bloc pour ta statue ;

De cette boue où l'or a fait place à l'étain

Tu ne saurais tirer qu'un Gille ou qu'un Pantin !

Que dis-je ! O temps ! ô mœurs ! dans nos routes fangeuses,

Après nos chercheurs d'or, regardez nos chercheuses

Qui, dépouillant leur sexe et leur honte en chemin,

Courent à la fortune un cabas dans la main,

Rouges, les yeux en feu, les deux pieds dans la boue,

Poursuivant une chance à chaque tour de roue ;

Hermines du trottoir qui ne reculent pas,

Qui crotteraient plutôt leur honneur et leurs bas !

Le mari joue à part ; la femme pour son compte ;

Puis vient ce jour enfin liquidé par la honte

Où, près du noir réchaud qu'allume le remord,

Un fantôme voilé lui dit : « Je suis la Mort ! »

La mort ! non cette mort des mères de famille,

Mais cette mort de l'âme où nul rayon ne brille,

Et qui, devant la fosse où tout lui dit adieu,

A placé le Néant, de peur d'y trouver Dieu !

Ah ! malheureux ! fuyez ! n'approchez pas, vous dis-je,

De ce gouffre sans fond qui donne le vertige !

Ne vous informez pas si la Fortune en sort !

Fuyez ce noir Parquet où s'agite le sort,

Où le Démon du Jeu rend lui seul ses oracles !

La Bourse est désormais notre Cour des Miracles,

Où la Bohême en grand, les mains pleines d'atout,

Court détrousser la Rente et fait rafle sur tout !

Oui, puisque dans nos murs ce jeu n'a plus de bornes,

Osons saisir, enfin, le Monstre par les cornes !

Osons traîner au jour tous ces pâles Damnés

Que Dante et son Enfer n'avaient pas devinés !

Osons vous les nommer sous la peau qui les cache

Tous ces loups dévorants que le coupon détache,

Nos Macaires vieillis, nos jeunes Mercadets !

Les aînés sont déjà vaincus par leurs cadets.

Pour vous prendre à l'appât d'une hausse maudite,

Ils vous proposeront Dieu même en commandite !

Qui sait, pour vendre à terme ou toucher tour à tour,

Ce qu'ils ont inventé de prime et de détour !

Le sort les trahirait-il ? A défaut de la Foudre,

N'ont-ils donc pas leur tube armé pour les absoudre ?

N'ont-ils donc pas le Fleuve où l'eau coule à pleins bords ?

C'est encore un moyen de payer leurs reports !

Paris même frémit des meurtres qu'il engendre ;

Le Père a peur du Fils, le beau-Père du Gendre ;

L'épouvante est partout ; on est dupe ou fripon,

Et déjà nos Portiers courent tous le coupon !

Fuyez ! craignez un gain qui ressemble à l'usure !

Le luxe sur ses pas entraîne la luxure,

Il entraîne la honte et bientôt les revers ;

Le luxe envahit Rome et vengea l'Univers !

Quand le dégoût public à la fin se récrie,

Ferez-vous du Budget l'Autel de la Patrie ?

Ferez-vous cette honte au sang de nos héros ?

Ne serons-nous qu'un Peuple à grouper des zéros ?

Cette âpre soif de l'or, qui donc peut la défendre ?

Qui n'aime que l'argent est bien près de se vendre.

Fuyez ! Mais quand nos Loups, d'une heure jusqu'à trois,

Hurlent au Trois pour Cent, dans ces murs trop étroits,

Regardez vers ce bord dont l'aspect seul vous nâvre,

La Morgue aussi côter cadâvre sur cadâvre,

Et, mettant vos joueurs et la Bourse aux défis,

Dire : « Voici ma hausse ! Et voici mes profits ! »

Fuyez ! ou bien restez, si rien ne vous effraie !

Et que la Morgue aussi, vous traînant sur sa claie,

Dise, avec votre nom divulgué tout entier,

Comment meurt un joueur qui meurt banqueroutier !

Et ce monde croupi qui n'a plus d'exutoire,

Ce composé sans nom de mœurs du Directoire,

De systèmes de Law au quartier Quincampoix,

De financiers rognés et qui n'ont plus le poids,

Il lui faut, avant tout, passé jeûne et confesse,

Tartufe retrouvé qui lui serve la messe !

La Famille n'a pas de plus chauds défenseurs;

On vous parle morale en débauchant vos sœurs.

De la Propriété leur voix se fait l'apôtre;

Mais regardez leur poche et fermez bien la vôtre.

Ce monde mis à nu serait horrible à voir;

Tartufe étend sur lui son sale et vieux mouchoir;

La Bourse fait un pacte avec la Sacristie;

Dieu même épouvanté s'écarte de l'hostie !

Oui, par les mœurs du jour croyez-vous bien absous;

Et regardez vos mains qui sentent les gros sous !

Le siècle est votre proie; il est à qui le pipe;

Nos arts ont une odeur de comptoir et de pipe;

Cette langue des Dieux que Racine parlait,

Qu'est-elle, grâce à vous, qu'un jargon de valet

Bête et plat comme vous,quand il n'est pas obscène,

Qui dégrade nos mœurs en corrompant la scène?

Nos salons d'autrefois que sont-ils devenus?

L'antichambre suffit aux valets parvenus !

Et Turcaret chez nous s'admire et se contemple !

Et nous ne chassons pas tous ces vendeurs du Temple !

Et tous les flots du ciel ne vont pas balayer
L'étable d'Augias, avant de la noyer !

Pourtant ces malheureux que l'or lui seul enflamme,
Quand leur coffre est rempli, n'ont-ils donc rien dans l'âme?
Tous ces instincts du cœur charmants et généreux
Leur parlent-ils à vide, ou sonnent-ils à creux ?
N'ont-ils pas vu cent fois le fond de leur chimère ?
N'ont-ils pas vu mourir une femme, une mère?
Tout ne leur dit-il point, à chaque pas du temps,
Qu'il faut bien peu pour l'homme et pour bien peu d'instants?
Pourquoi donc tant chercher ce qui ne peut les suivre?
Leur or, après la mort, les fera-t-il revivre?
Ne partiront-ils pas, nus comme en arrivant?
Mais ne sont-ils pas morts, même de leur vivant,
Quand ils vont, ne suivant sur ce vain tas de boue,
Que la Fortune et l'or qui de leurs vœux se joue?
Le ciel sait mieux que nous ce qu'il doit nous donner;
Mais s'il faut de nos vœux toujours l'importuner,

Demandons, pauvres fous, un moment sur la scène,
Un corps sain et dispos avec une âme saine,
Un esprit ferme et grand, qui, libre et sans remord,
Comme un dernier bienfait sache accepter la mort,
Qui maîtrise nos sens, qui dompte la colère,
Qui de la vertu seule attende son salaire.
Voilà les vrais trésors ! ils sont dans notre main ;
O Fortune, disait le Poëte romain,
C'est notre aveuglement qui te fit seul déesse,
Et tu n'as des autels que par notre faiblesse !

Mais ces forbans, messieurs ; ces hardis émigrants,
Ces chercheurs d'or aussi, tous sortis de vos rangs,
A qui vos dés pipés qu'on nomme jeux de Bourse
Ont pris peut-être un pain, leur dernière ressource,
Ce n'est pas en courant chez un courtier sournois
Toucher un vol légal qu'on nomme fin de mois,
Ce n'est pas en jouant à la baisse, à la hausse,
En crachant, en passant, quelque nouvelle fausse,

Qu'ils le gagnent cet or ! c'est au prix de leur sang,

C'est au prix d'un labeur sans cesse renaissant ;

C'est en doublant les mers et les caps des tempêtes

Que ces nouveaux Cortéz volent à leurs conquêtes,

Partout, vers l'Australie, ou vers la Sonora !

Ce sont là leurs *Placers* ! et non votre Opéra

Où vous allez, le soir, poussant vos escarmouches,

Prendre et saisir au vol des badauds et des mouches !

Leur soif de l'or au moins en fait des travailleurs ;

Ils sont moins vils déjà, s'ils n'en sont pas meilleurs :

Leur force, elle est en eux ; leurs droits, ils les défendent ;

Que s'ils trouvent chez eux un voleur, ils le pendent !

Mais chez vous le voleur marche le front levé,

Chacun avec respect lui cède le pavé ;

Peu s'en faut qu'à genoux on ne baise sa trace,

Tant le succès fait l'homme et tant l'or le décrasse,

Tant le corps et les sens nous tiennent asservis !

O terre des héros ! sommes-nous donc tes fils ?

Sommes-nous donc si peu les enfants de nos pères,

Que déjà nos cités se changent en repaires,

Qu'il ne reste de nous qu'un appétit glouton,

Qu'il nous faille être loup, de peur d'être mouton ?

Ah ! si nos loups-cerviers sortent tous de leur antre,

Si tout n'est plus pour nous qu'une affaire de ventre,

Si l'âme n'est plus rien, si le cœur ne bat plus,

Si les jours et les ans pour nous sont révolus,

Alors tout sera dit ! nouveau Sardanapale,

Avec ses lois, ses mœurs, son luxe qu'il étale

Et qui hâte sa chute au lieu de l'empêcher,

L'Occident montera sur son dernier bûcher ;

Un Barbare, en passant, effacera sa trace ;

Et peut-être un Banquier, le dernier de la race,

Cherchant de l'œil Paris qu'il heurte et ne voit pas,

Viendra peser sa cendre et coter son trépas.

Hélas ! à voir comment se gouverne et se mène

Le train de ce bas-monde et cette farce humaine,

A voir nos vains progrès et nos rêves épars

Nous ramener toujours à nos points de départs,

A voir tous nos ballons, contre vent et fortune,

Chercher, pour tous nos fous, un chemin vers la lun--

A voir tous les fléaux déchaînés sous les cieux

Et le char des saisons qui déraille à nos yeux,

Qui ne dirait que Dieu, le suprême économe,

A renié ce Monde et l'abandonne à l'homme,

Et que son œil de nous s'écarte pour toujours,

De peur de voir encor son œuvre des six jours !

ÉPILOGUE.

—

Non, non, n'attendons rien du Siècle pour la Muse !

Le Siècle est cet enfant qui lâchement s'amuse

A plumer son oiseau pour enchaîner son vol.

Cruels ! mais cet oiseau qui naquit rossignol,

Peut-être, pour chanter, ne cherchait que son arbre.

Ah ! chantez donc encor quand les cœurs sont de marbre,

Quand le Siècle blâsé, comme un roi fainéant,

Au front même des cieux vient d'écrire « néant ! »

Quand un peuple aujourd'hui ne vit que pour sa Bourse,

Quand ce vieux Monde enfin haletant de sa course,

Pauvre aveugle hésitant entre hier et demain,

Cherche, en niant le jour, à trouver son chemin !

Allons, vieillard ! courage ! épaissis sans relâche
Ce bandeau sur tes yeux pour que le jour se cache.
Hélas ! naguère encor, les yeux sur l'avenir,
Tu nous disais : « Enfants ! voyez-vous rien venir ? »
Mais ne l'a-t-on pas dit désormais sans mystère,
Qu'il faut à la pensée un cordon sanitaire,
Que les peuples penseurs sont les peuples malsains ?
En haine de leur miel, chassez donc vos essaims !
Ce Monde est un bazar ; on s'y vend corps et âme ;
L'or y sent toujours bon aux mains du plus infâme.
Muse ! n'allez point là réveiller vos échos ;
De vos lauriers sacrés on ferait des fagots,
A moins qu'en luth banal transformant votre lyre,
Vous ne chantiez sans cœur pour des cœurs sans délire !
L'homme est-il perfectible ? Il ose s'en vanter ;
Mais qu'il soit né valet, qui pourrait en douter
A le voir chamarré de l'épaule à la hanche,
Porter sa servitude en habit de dimanche ?
Fut-on jamais plus souple à réclamer son gain,
A reprendre la batte et l'habit d'arlequin,

A renifler là-haut les honneurs et les places,

A sauter au grand jour comme autant de paillasses?

Bien fou qui nourrirait des remords superflus!

À trop porter son bât, l'âne ne le sent plus.

Comment! ne sait-on pas déjà donner la patte?

La femme à Sganarelle a besoin qu'on la batte.

O honte! en est-il donc d'un peuple vieillissant

Comme de ce grand Fleuve au cours large et puissant,

Qui fier, en avançant, du progrès de sa source,

Voit les conquérants même arrêtés par sa course,

Et qui, proche des mers qu'il croyait repousser,

N'est plus qu'un vain ruisseau qu'un enfant va passer?

Janvier et ce 1er juin 1856.

Montmartre. — Imp. Pilloy.